Margot l'escargot

Barnabé le scarabée

Huguette la guêpe

Mireille l'abeille

César le lézard

Luce la puce

Léonard le têtard

Merlin le merle

Oscar le cafard

Lorette la pâquerette

Luna la petite ourse

Camille la chenille

Solange la mésange

Cyprien le chien

Adrien le lapin

Loulou le pou

Prosper le hamster

Grace la limace

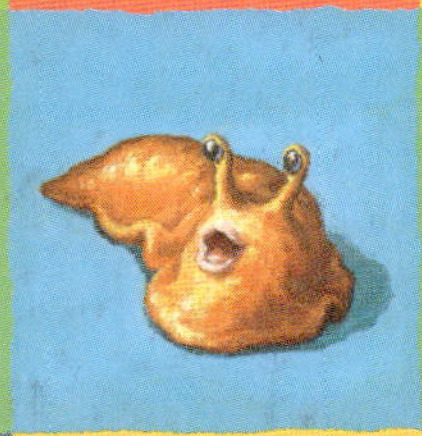

Ursule la libelulle

Gabriel le lutin de Noël

Benjamin le Père Noël du jardin

Georges le rouge-gorge

Lulu la tortue

théo le mulot

Gallimard Jeunesse/Giboulées
Sous la direction de Colline Faure-Poirée
et Hélène Quinquin
Direction artistique : Syndo Tidori
Édition : Patricia Guédot

ISBN : 978-2-07-507597-8
Premier dépôt légal : octobre 2004
Dépôt légal : juillet 2017
Numéro d'édition : 307397
Loi n° 49956 du 16 juillet 1949
sur les publications destinées à la jeunesse
Imprimé en France par Pollina - 81132A

Les drôles de petites bêtes

Odilon le grillon

Antoon Krings

Gallimard Jeunesse Giboulées

Après ces longs mois d'hiver sans musique, Pascale avait oublié tous ses airs. « Fini le temps des cerises, les rires, les danses… Nous n'irons plus au bois et à la claire fontaine », soupira-t-elle en contemplant le jardin qui, dans l'insouciance des beaux jours retrouvés, lui murmurait : « Chante, petite cigale, chante ! » Elle réessaya, mais sans refrain, le cœur n'y était pas. Alors, elle retourna se coucher. À peine fut-elle endormie qu'un chant familier dispersa les sombres nuages de ses rêves. D'un bond elle fut à sa porte. « Le grillon ! s'écria-t-elle, c'est lui ! »

– Odilon, grillon des champs et des foyers, musicien de mon métier, lui dit-il en faisant une révérence. À vot' bon cœur, mam'zelle, voulez-vous toutes mes ritournelles ?

– Toutes ! s'empressa de lui dire la cigale.

– Toutes ? Eh bien c'est parti, s'écria le grillon en lançant la musique, et n'oubliez pas d'être là au refrain.

La cigale ne l'oublia pas et en reprenant le refrain retrouva la chanson.

– À vous revoir, mam'zelle ! lui dit enfin le grillon, en mettant sa vieille guimbarde en branle avant de s'en aller jouer sa musique ailleurs.

Quelque temps plus tard, le baladin se présenta à la ruche. La reine des abeilles accueillit cette visite avec des transports de joie.
– Allons, pressons, mesdames ! s'écria-t-elle en agitant ses petits bras potelés. Je brûle d'envie d'entendre sa mélodie.
Mais, à la vue d'Odilon, elle resta bouche bée, déconcertée par son apparence peu reluisante.
– Ainsi vous êtes un grillon, dit-elle enfin du bout des lèvres. Je n'en avais jamais vu jusqu'ici… ni entendu d'ailleurs. Pourtant il se dit au jardin que vous chantez à merveille.
– C'est trop de grâce, Vot' Majesté, s'empressa de dire Odilon. À vrai dire, c'est à ma boîte à musique que je dois tout le mérite.

– Eh bien, je suis tout ouïe, dit la reine en regardant avec intérêt la mécanique.
Alors, sans plus attendre, le grillon se mit à jouer ses plus belles ritournelles. Quand il eut fini, la reine le félicita brièvement :
– Bravo ! Et maintenant voyons de plus près cette merveilleuse boîte à musique.
– J'peux vous montrer comment on s'y prend, Vot' Majesté, proposa timidement le grillon.
– Que me chantes-tu là, pauvre croque-note ? lui dit la reine. Je ne suis pas si sotte. Va plutôt annoncer à tous les habitants du jardin que ce soir je donnerai un récital.
– Mais, Vot' Maj-j-jesté... bredouilla-t-il.
– Allez, va-t'en ! J'ai tout juste le temps de m'apprêter.

Odilon courut prévenir le petit monde du jardin.
Et le soir même une foule de curieux assista au premier récital de la reine. Quand elle apparut tout empanachée de ses plus beaux atours, on se mit à l'acclamer : « Bravo ! Bravo ! »
Alors, elle salua son public d'une profonde révérence.
Et tous, à l'exception d'Odilon, qui faisait une triste mine, lui réclamèrent des chansons. « Rien de très compliqué, se dit la reine, il suffit de tourner la clé. »
Malheureusement, Sa Majesté, qui était gauchère, tourna la clé à l'envers. Et la vieille guimbarde se mit à dérouler tous ses airs de travers !

– Assez ! Pitié ! supplia Benjamin en se bouchant les oreilles. Arrêtez cette épouvantable cacaphonie !
La foule s’esclaffa bruyamment et reprit moqueuse :
« Cacaphonie ! Cacaphonie ! »
– Impossible ! hurla la reine en martelant de son sceptre la pauvre guimbarde. Puis, apercevant soudain le grillon, elle lui cria : Tiens, tu peux la reprendre si cela te chante !
Et, tirant rageusement sur sa traîne, elle quitta la scène précipitamment.
– C’est ça ! Madame prend ses cliques et ses couacs, le pestacle est fini ! s’écria le lutin, furieux. Eh bien, puisque c’est comme ça, moi aussi je décampe.
Et tous s’empressèrent de le suivre.

Tous, à l'exception de Patouch et d'Odilon, qui se lamentait :

– Oh non, regardez-moi dans quel état ils me l'ont mise : elle est toute fichue maintenant !

– Mais pas du tout, lui dit la mouche. Elle est encore très bien, cette boîte à couacs !

– Et comment je vais vivre sans ma musique ? Cette boîte, c'était mon gagne-pain…

– Allez, ne pleure pas. On peut essayer de le réparer, ton casse-croûte, dit Patouch.

– Mais non, c'est sans espoir, soupira Odilon. Elle est juste bonne pour la casse, voilà tout.

– Alors là tu tombes à pic ! Parce que la casse, c'est mon affaire.

– Bon, prends-la si ça peut te faire plaisir, lui dit Odilon. De toute façon elle n'aurait rien fait d'autre que de m'encombrer.
Il s'éloigna tristement et disparut dans le jardin. Après une nuit agitée et sans sommeil, le pauvre grillon s'efforça de retrouver ses esprits et se mit en quête de nourriture. Heureusement, en cette saison la nature est douce et généreuse et il trouva sans difficulté de quoi subsister.

Mais en hiver ce fut une autre affaire. Il dut subir le vent, la pluie, lutter contre le froid et surtout la faim. Quand il ne lui resta plus rien à manger, il se décida alors à mendier. Hélas, partout où il passait, personne ne le reconnaissait et on lui claquait toujours la porte au nez. Sans sa musique il n'était rien. Rien qu'un vagabond, un traîne-misère qui pour survivre se mit à fouiller dans les poubelles.
– Eh là, pas touche ! s'écria la mouche. Les poubelles, c'est mon boulot à moi.

– C'est que… vois-tu… euh… enfin tu sais…
– Je sais, je sais, les temps sont durs, mon pauvre ami, gémit Patouch. Depuis ce matin je gratte, je fouille, je fouine partout par ce froid épouvantable, et tout ça pour quoi ? pour une vieille carpette et cette guitare fendue à trois cordes !
À la vue de l'instrument, le visage d'Odilon le grillon s'illumina soudain :
– Oh mais c'est un… violon ! J'ai toujours rêvé d'avoir un violon.
– Ah bon ! Et tu sais jouer de ce… machin ?
– Je crois… Mon père en jouait très bien.
– Eh bien, tiens ! répondit la mouche en lui tendant l'instrument. Vas-y, essaie !

Pendant que le grillon jouait avec virtuosité, Pascale la cigale, prévoyante, veillait sur ses chansons. Elle les répétait les unes après les autres, les fredonnait sur tous les tons, inlassablement, pour ne pas les oublier. Mais à force de rabâcher, la pauvre finissait par mélanger tous ses airs.

– Oh mon Dieu, je n'y arriverai donc jamais ! C'est vraiment pas possible d'être à ce point écervelée !

Elle marchait de long en large, très agitée, quand soudain une voix l'appela au dehors :
– Mam'zelle, voulez-vous toutes mes ritournelles ?
Pascale poussa un cri de joie et se précipita à sa porte.
– Entre donc, grillon ! Et viens près du feu.
Odilon, qui rêvait depuis longtemps d'une bonne flambée, accepta avec soulagement le fauteuil près de la cheminée et une tisane au miel.
– Et si nous écoutions un peu de musique ? proposa Pascale.
– Avec plaisir, mam'zelle, répondit le grillon en prenant son violon. Ainsi nous serons fin prêts le temps venu.

Marie la fourmi
Louis le papillon de nuit
Frédéric le moustique
Antonin le poussin
Juliette la rainette
Odilon le grillon
Pascale la cigale
Valérie la chauve-souris
Benjamin le lutin
Patouch la mouche
Adèle la sauterelle
Siméon le papillon
Henri le canari
Nora petit rat de l'Opéra
Noémie princesse fourmi
Gaston le caneton
Victor le castor
Pierrot le moineau
Édouard le loir
Pat le mille-pattes
Belle la coccinelle
Bob le bonhomme de neige
Blaise et thérèse les punaises
Maud la taupe